SEPT CENTS VERS,

OU

RÉPONSE A M. BARTHÉLEMY.

✻

Imprimerie de David,

BOULEVART POISSONNIÈRE, N. 4 bis.

✻

SEPT CENTS VERS,

OU

RÉPONSE A M. BARTHÉLEMY,

PAR

Bastide et Lebas.

Ses lauriers sont flétris, sa gloire populaire
Il l'a jetée au vent comme le blé sur l'aire.

BARTHÉLEMY, *Némésis.*

PRIX : 2 FRANCS.

PARIS,

CHEZ LES MARCHANDS DE NOUVEAUTÉS.

—

1832.

AVANT-PROPOS.

Encore une réponse à *M. Barthélemy!* Elle est bien tardive, diront quelques-uns, et cela mérite en effet une explication : l'un de nous avait entrepris l'ouvrage que nous offrons aujourd'hui ; atteint tout-à-coup d'une maladie grave, il fut obligé de suspendre son travail. Quelques personnes auxquelles il l'avait communiqué l'engagèrent à le continuer aussitôt son rétablissement ; un ami même s'offrit à contribuer de son savoir pour acti-.

ver la conclusion. Une similitude de sentimens et une conformité de style ont fait ac-
cepter cette offre, de là le retard et par suite
notre association.

Nous devions d'autant plus entrer dans
ces détails préliminaires que nous tenions à
prévenir tout soupçon d'avoir voulu imiter
un exemple célèbre. Poètes novices nous ne
pouvons en aucune manière prétendre à
une comparaison qui ne pourrait tourner
qu'à notre désavantage. C'est assez parler de
nous ; arrivons à notre sujet.

Il est toujours pénible d'avoir à revenir
sur l'opinion qu'on s'était formée d'un homme,
surtout lorsqu'il s'était élevé par ses talens
et son patriotisme à une célébrité aussi grande
que celle où *M. Barthélemy* était parvenu. Ce
n'est sans doute qu'avec la plus grande cir-
conspection qu'on doit toucher aux lauriers
acquis dans une lutte glorieuse ; les pre-

miers cris accusateurs qui s'élèvent contre une
renommée ne sont souvent suscités que par
la médisance ou l'envie; mais lorsqu'il n'est
qu'une voix sur la culpabilité de celui que
l'on traîne au ban de l'opinion, lorsque surtout de sa *Justification* même ressort la preuve
irrécusable, non seulement qu'il n'est pas
justifié, mais encore qu'il est réellement coupable, il est permis alors de combattre les
sophistiques argumens du poète qui, non content d'avoir brisé son luth, pousse la témérité
jusqu'à élever un autel à la trahison et tente
de flétrir ceux-là mêmes dont il partagea
sept ans les patriotiques opinions, et qui ont
contribué à l'élever au parvis de la gloire.

Nous avons lu et relu les œuvres de *M.*
Barthélemy et plus particulièrement la *Né-*
mésis. Quand on compare les principes qui
en découlent avec ceux qu'il professe aujour-
d'hui dans sa *Justification*, l'âme se resserre,

l'indignation s'éveille, à l'aspect d'une telle mobilité, d'un bouleversement si monstrueux dans le caractére d'un homme. Le doute n'est plus permis ; toutes suppositions deviennent des réalités.

Nous aurions désiré trouver M. *Barthélemy* innocent, mais il a fallu se rendre à l'évidence. Nous venons donc répondre au défi qu'il a porté ; si comme poëtes nous ne pouvons lutter avec avantage, du moins nous espérons que la force de nos argumens et le développement de nos principes, qui prennent leur source dans notre conviction et dans un purpatriotisme, suppléeront à notre faiblesse. S'il n'est plus permis à *M. Barthélemy* de se ranger sous les drapeaux qu'il vient d'abandonner, du moins nous lui apprendrons que l'on ne se joue pas impunément de la raison et du jugement des hommes, que la vérité ne craint pas le grand jour, que la honte poursuit les traîtres , et il nous sera permis de dire de lui comme il a dit de tant d'autres:

Ses lauriers sont flétris, sa gloire populaire
Il l'a jetée au vent comme le blé sur l'aire.

SEPT CENTS VERS.

Sept cents vers!.. le fardeau, je l'avoue, est pesant !

Mais ton ordre est donné ; sans ce nombre imposant

Tu ne daignerais point t'abaisser à me lire ,

Ni pour ton propre honneur faire vibrer ta lyre !..

Eh bien ! je me soumets à ta suprême loi !

Mais souviens-toi du moins qu'un homme tel que toi,

Qui de la *modestie* endosse le vestiaire ,

Doit pour un apprenti se montrer peu sévère.

Comme toi je n'ai pas en cent combats divers

Obtenu *deux chevrons* à l'aide de mes vers ;

Ma muse encor novice, aux foyers du Parnasse

N'a point brûlé d'encens pour y marquer ma place ;

Mais du moins mes écrits imbus de vérité

Respireront toujours l'air de la liberté :

On ne me verra point, tout bouffi de jactance,

Recruter aux enfers les démons de vengeance,

Ni percer bravement d'un dard empoisonné

Le ministre chez qui demain j'aurai dîné.

Si la faveur publique eût daigné me sourire,

Si contre les méchans j'eusse armé la satire,

Tu ne me verrais pas en revirant de bord,

Me ranger aux drapeaux du parti du plus fort ;

De la gloire abdiquant les somptueux domaines,

De libre que j'étais me courber sous des chaines ;

Je n'irais point, flattant *Carrel* ou *Châtelain*

M'exposer en retour à leur public dédain.

Non , non , le vrai poète, esclave de son âme ,

Sur des écus dorés n'attise point sa.flamme !

Dans une source pure humectant son pinceau ,

La seule vérité doit orner son tableau !

Celui qui sait tirer de sa brillante lyre

Les sons indépendans que son âme soupire ,

Celui qui sait flétrir les despotes du jour ,

Qui craindrait d'offenser sa muse sans détour ,

Si , vendant au pouvoir sa plume meurtrière,

Il traînait ses talens dans une sale ornière ,

C'est là le vraie poète , et la postérité

Inscrira sous son nom : honneur et probité.

O toi! dont nous aimions la voix patriotique

Qui résonna sept ans pour la cause publique!

O toi ! qu'avec orgueil chérit la liberté !

Pourquoi de son amour as-tu démérité ?

Il est cruel, crois-moi, de te savoir coupable ,

De dire : il a gravé sa gloire sur le sable ;

L'homme obscur qui trahit peut éviter le jour ,

Mais un nom glorieux porte un fardeau plus lourd ;

Du jugement public redoutant la justice ,

Il voudrait vainement s'écarter de la lice :

Il faut qu'il soit placé sur l'infamant poteau ,

Et qu'on lise sa honte au fata écriteau.

Enfin , Barthélemy , je m'offre pour répondre

Au *brûlant plaidoyer* qui , dis-tu , doit confondre

Ceux dont la voix plaintive a dit : il est vendu !

Tu crois en tes discours t'être bien défendu ?

Voyons : d'abord tu prends un ton bien despotique !

Tu sembles défier l'opinion publique !

Tu frappes ceux qu'hier tu nommais tes amis,

Sans redouter les coups du plus profond mépris !

Tu te places si haut que si l'on doit t'en croire ,

Il faut déjà graver aux feuillets de l'histoire

Sous ton nom vaniteux les noms resplendïssans

De *Juvénal français*, *d'Annibal de nos camps* !

Serait-ce là le ton *qu'aux portes du collége*

Tu laissas aux pédans en fuyant leur cortége ?

Et qu'oses-tu prétendre en te ceignant de fleurs ?

Penses-tu te soustraire à nos fouets vengeurs ?

Il est beau d'être grand, oui, mais la modestie

Ajoute un nouveau lustre à l'éclat d'une vie ;

L'homme peut se grandir et s'armer de fierté,

Il redevient petit devant la vérité ;

Elle pèse nos cœurs dans sa juste balance,

Du vrai d'avec le faux marque la différence.

Va, crois-moi, ne prends plus pour venger ton honneur

Du rôle d'accusé celui d'accusateur ;

L'audace ne sied point à qui doit se défendre,

Et qui parle trop haut ne se fait pas entendre.

Tu veux qu'à ton nom seul on soit édifié !

Eh bien ! nous le dirons : il est justifié !

Non ! tu n'es pas vendu ! mais tu deviens docile ;

La voix de la raison vient d'appaiser ta bile ;

Quand de nos potentats tu frappais les travers,

Quand tu les écrasais sous le poids de tes vers ;

Alors que *Némésis,* dans sa sainte colère,

Les traînait chaque jour au poteau populaire ;

Quand tu les maudissais de nous ravir les droits

Inscrits le *neuf août* sur le palais des rois,

Eh bien ! que voulais-tu ? qu'un faible ministère

Soulevât tout-à-coup une vague arbitraire,

Et que bravant les lois avec impunité,

Il formât des bourreaux contre la liberté !

Et quand la grande Cour d'un arrêt mémorable

Eût flétri *justement* la sentence coupable,

Toi,... toi, qui fus jadis défenseur de nos droits,

Toi, qui hurlais toujours quand on touchait aux lois,

Et qui dans une ardeur bien souvent trop amère

Ne leur épargnais pas ta bouillante colère,

Qui, voulant arrêter leur joug envahissant,

Imprimais sur leur front un stigmate brûlant;

Toi! spéculant alors sur ta gloire passée,

Tu vas les soutenir au prix de ta pensée !...

En vain par de beaux vers tu veux nous abuser,

Ton écrit anonyme est là pour t'accuser.

Lorsque la voix de l'âme indique une mesure,

On découvre son front sans redouter l'injure;

L'homme probe jamais ne craint le choc du vent,

On ne fuit pas le jour quand on est innocent.

Ne viens pas me parler *d'accablans phénomènes*

Qui dominent parfois les actions humaines,

Qui changent en un jour une longue raison,

Et font tourner les yeux vers un autre horison.

Qu'il nous faudrait gémir sur notre destinée

Si la raison humaine ainsi fut façonnée!

Mais l'homme n'est point fait comme tu l'as construit.

Oui! le temps, je le sais, de son aîle détruit

Et de longs préjugés et des erreurs vulgaires,

Qui font place souvent à des erreurs contraires ;

L'homme alors s'attachant au char du mouvement,

S'il ne pensait pas bien, doit penser autrement ;

Il doit modifier ses croyances passées

Et caresser alors de nouvelles pensées.

Mais celui qui voulait l'honneur de son pays,

Qui demandait la gloire et non pas le mépris,

Qui, les yeux sur nos lois, infatigable athlète,

Les faisait retentir sur son luth de poète

Au timpan endurci de nos hommes de cour ;

A ses beaux sentimens, dérogeant en un jour,

Par le soleil de l'or laissant brûler ses aîles,

Peut-il passer sans honte au camp des infidèles ?

Non ! celui dont le cœur parcourt un droit chemin

Ne frappe pas le soir l'idole du matin.

Un traître, à tes discours s'épanouissant l'âme,

Ne craindrait plus les noms de parjure et d'infâme,

Et, vendant son pays et trahissant son roi,

Il dirait : J'ai changé de croyance et de foi.

Si l'opprobre public s'élevait sur sa tête,

Opposant son audace au choc de la tempête,

Il dirait, comme a dit un poète français :

L'homme absurde est celui qui ne change jamais.

O honte ! ô infâmie ! où nous fais-tu descendre,

Toi qui de Waterloo ressuscitant la cendre,

Ne pouvant contenir les fibres de ton cœur,

Sur le front de Bourmont gravais le déshonneur !

Est-ce donc là celui qu'autrefois vit la France

Effrayer les Bourbons au fort de leur puissance,

Les suivre en leurs écarts, en leurs cruels desseins,

Et les épouvanter dans leurs jeux assassins !

Sur *Villèle* étonné faire jaillir l'orage ;

Et de nos triumvirs frapper l'aréopage ;

Sans avoir épargné l'indécis *Martignac,*

Combattre à coups serrés l'infâme *Polignac !*

Ta muse alors brillait d'une splendeur immense ;

Favorite du peuple, idole de la France,

Que j'aimais à la voir, d'un vol audacieux,

S'élancer dans les airs, et, sillonnant les cieux,

Pour offrir un poëme à tes lecteurs avides,

Aller cueillir l'histoire aux pieds des pyramides !

Que mon cœur palpitait aux sons de tes accords,

Alors que du Danube ayant franchi les bords,

Ton poëme à la main, cherchant le *roi de Rome*,

Tu perçais l'avenir ouvert au *Fils de l'Homme !*

Et puis !... après quinze ans d'un sommeil douloureux,

Fatigué de souffrir, esclave et malheureux,

Le peuple souverain, brisant son vasselage,

A reconquis sa gloire et son mâle courage !

O soleil de juillet ! astre brillant et pur,

Quand tes rayons brûlans perçaient un ciel d'azur,

Tu les vis ces Français dans leur gloire magique

Enter la liberté sur la place publique,

Ecraser en trois jours un trône détesté,

Vaincre et mourir au cri de la légalité !..

Au bruit de nos canons ta muse populaire

Mêlait ses chants d'amour pour la liberté-mère,

Et ta lyre de barde éveillant les échos,

Animait de ses sons la fougue des héros ;

Et le peuple enthousiaste, au sein de la tempête,

Saluait en passant la voix de son poète !

Des débris de l'ancien naît un trône nouveau

Et le peuple à ses pieds dépose le faisceau.

L'espérance paraît, le trône monarchique

Voit un roi-citoyen parler de république !

A ces mots tout se tait et le peuple content

N'a plus à redouter un joug humiliant...

Quelques mois sont passés et s'enfuit l'espérance,

Et l'art des courtisans vient peser sur la France.

C'est alors qu'agitant des lanières de fer,

Tu te montras suivi d'une fille d'enfer,

Et qu'assurant son vol en des plaines nouvelles,

Sur les palais des grands ta muse ouvrant ses aîles,

Redemandait les droits qui nous étaient acquis

Et qu'aux jours de juillet le peuple avait conquis;

C'est là que *Némésis*, sentinelle avancée,

Vint encore ajouter à ta gloire passée.

Enfin Lamarque est mort : un fléau destructeur

Vient ravir à la France un noble défenseur.

Aux jours où nos drapeaux caressés par la gloire

Dans les pays lointains promenaient la victoire,

Intrépide guerrier, émule des Césars,

Son front fut ombragé par les lauriers de Mars :

Son sang coula toujours pour la cause publique,

Et son âme brûlait d'un feu patriotique.

On le vit au forum, tribun impétueux,

Soutenir de sa voix les peuples malheureux;

Faire trembler les grands sur leur trône éphémère;.

Fils de la liberté combattre pour sa mère !.

Le peuple l'admirait et l'univers entier

A gémi sur la mort du citoyen-guerrier.

Qui n'aurait admiré cette sublime vie !

Oh ! celui-là jamais n'eût trahi sa patrie !....

Eh bien ! tu l'as pleuré dans un hymne brûlant;

Rendant à ses vertus un hommage éclatant

A son dernier soupir tu saisissais l'histoire !....

Hélas ! ce fut pour toi le dernier cri de gloire !!..

Deux jours sont écoulés et cet esprit puissant

Qui meurtrit le pouvoir dans sa guerre d'un an,

Qui de sa voix plaintive en beaux vers cadencée

Aux lois de la satire éveillait sa pensée

Qui desservait l'autel de notre liberté,

Qui nous parlait de gloire et non d'humilité,

Reniant tout-à-coup sa parole sévère

Va tremper sa pensée au lac du ministère !

Et quel puissant motif éclairant ta raison

A donc pu t'inspirer ta *furtive* oraison ?

De ses doigts inhumains une inflexible parque

Brise son plus beau fil et nous ravit Lamarque ;

La liberté revêt son long voile de deuil ;

Le peuple des trois jours conduit le grand cercueil ;

Le silence régnait et la foule pressée

De sa seule douleur avait l'âme oppressée ;

Mais le démon du mal n'était point invité,

Il vient troubler la paix de la grande cité :

Les sabres sont brandis ; la balle meurtrière

A siflé le signal d'une intestine guerre....

D'où sont partis les coups ? Qui donc fut attaqué ?

C'est un mystère encor qui n'est point expliqué.

Le temps peut-être un jour nous prêtant sa lumière

Dira qui déploya la sanglante bannière.

Dans ce désordre affreux qu'engendre le courroux

Le peuple et les soldats ont échangé leurs coups ;

Des frères, des amis, tous enfans de la France,

S'entrégorgent entr'eux au cri de la vengeance.

On dit que le pouvoir par la haîne excité

A braqué ses canons contre la liberté.

Quelques esprits ardens ont cru l'heure venue

De venger des trois jours la gloire méconnue ;

La jeune république arbore son drapeau

Et croit que luit pour nous un avenir plus beau.

Ces jeunes cœurs brûlans d'une flamme électrique

Croyaient combattre encor pour la cause publique,

Ils furent éveillés par de longs cris de mort,

Et l'amour du pays excita leur essor.

Les fautes du pouvoir avaient ouvert l'abîme,

Plus coupable ils l'ont cru, l'erreur n'est pas un crime !

Quand on voit leur courage en ces jours de malheurs

Sur leur égarement il faut verser des pleurs :

Peut-être ils vont payer d'une peine sévère

Non le mal qu'ils ont fait, le bien qu'ils croyaient faire.

L'histoire en politique a toujours dit en vain :

LE CRIME D'AUJOURD'HUI SERA VERTU DEMAIN !

Ah! ces républicains objets de ta colère,

Si l'erreur les guida dans un camp sanguinaire,

Du moins ils t'ont fait voir par leur tenacité

Que déserter son poste est une lâcheté !

Saint-Méry, lieu témoin du plus cruel carnage,

A vu le fanatisme enfanter le courage...

Par le nombre pressés ils furent abattus,

Oui! mais s'ils eurent tort, ils se sont bien battus!

Enfin après deux jours de funeste mémoire

L'ordre est venu briser cette sanglante histoire;

Le calme a reparu : le pouvoir est vainqueur.

Et pourquoi donc alors incriminant l'erreur

Nos ministres ont-ils, abusant de la force,

Bûrlé des coups-d'état la criminelle amorce?

Arrêtez, malheureux ! songez que les Français,

S'ils pardonnent l'erreur, punissent les forfaits !

Respectez donc la loi; que sa seule puissance

Préside entre vos mains aux destins de la France !

Mais que dis-je, insensé! ce qu'ils ont fait fut bien !

Du jour où l'ordonnance échappa de leur main,

Où s'écartant enfin de leur marche incertaine,

Ils ont de l'arbitraire occupé le domaine,

Ces hommes généreux méritent notre amour !

Lorsqu'on brave les lois sans crainte et sans détour,

Le peuple doit bénir la main violatrice

Qui par un coup-d'état a brisé la justice.

Ainsi se soulevant pour le maintien des lois

Le peuple vainement aurait refait des rois !

Et de notre juillet surgirait la doctrine

Qu'à son gré le pouvoir exploiterait sa mine !

Ainsi, Barthélemy, renversant la raison

Tu peux voir dans le mal s'embellir l'horison !

Sans doute on doit haïr une guerre civile

Et vouloir le repos dans le sein de la ville,

Chercher tous les moyens de sauver le pays ;

Mais pourquoi cet élan quand l'orage est soumis ?

Et d'ailleurs l'arbitraire est une loi damnée ;

Quiconque l'a nié suit la route erronnée ;

Et si de l'ordre un jour la force est abattue,

Ah ! c'est la loi qui sauve, et l'arbitraire tue.

Arrière donc ! esprit à l'orbite mouvant,

Recule, si tu veux ; nous marchons en avant !

Sois donc *Juste-Milieu*, puisque, force vivante,

Ce grand mot depuis juin n'a rien qui t'épouvante !

Prône donc les vertus de ce stable pouvoir

Qui n'est plus masse-morte et qui peut se mouvoir ;

Et pour guider ses pas sur la route glissante

Dont le pied le plus fort ne peut tenir la pente,

Pour le bonheur public et pour ta gloire enfin

Du bon juste-milieu sois donc le séraphin !

Fais sentir ton pouvoir à la presse *impuissante;*

Mais brises bien son dard dont la pointe est mordante.

Venge-toi sans pitié de ce peuple écrivain

Que ta voix mercenaire ose insulter en vain !

Plus modeste autrefois , plus souple envers la presse ,

Pour obtenir ses dons tu flattais la déesse ,

Hélas ! novice encore aux banquets d'Apollon ,

Il fallait un appui pour t'y faire un renom !

Du journalisme alors reconnaissant l'empire ,

Tu quêtais pour tes vers le plus léger sourire ;

Moins philosophe , ami , moins cuirassé d'orgueil ,

Des portes d'un Journal tu connaissais le seuil !

Et de la presse alors saluant l'oriflamme

Tu captais son éloge et tu craignais son blâme !

Aujourd'hui le poète a pris un noble essor ,

Il méprise la voix de son sage mentor !

Et du fécond *Persil* copiant le grimoire

Lance contre la presse un plat réquisitoire !

Ingrat, respecte au moins qui te donnas du pain ,

Et de tous les tyrans évite le refrain !

La presse ! ce pouvoir d'une mesure immense ,

Qui guide les esprits dans le cercle où l'on pense ,

Qui des peuples trompés revendiquant les droits

Souffle la vérité vers l'oreille des rois !

La presse ! ce colosse , éternel météore ,

Qui, lorsque tout se meurt , seule ose luire encore !

Qui , soldat vigilant , aux portes du pouvoir

Des lâches courtisans disloque l'encensoir !..

La presse dont la voix protège l'innocence

Des écarts insensés qu'engendre la puissance !

Qui répand la lumière au sein de nos cités

Et qui crie aux tyrans : parjures , arrêtez !

Ah ! oui, je le conçois, on doit haïr la presse ;

Sa voix, lorsqu'on fait mal, importune sans cesse !

Et qu'il serait heureux si dans l'obscurité

On pouvait sourdement saper la liberté !

Sur le peuple jetant un réseau d'ignorance
On pourrait aisément capter sa confiance,
Régner sur un cadavre et , moissonnant son or ,
Se caresser le front et dire : je suis fort !
Mais non... ils sont passés les temps de barbarie ,
Les peuples éclairés bravent la tyrannie ;
Quand ils ont de leur sang acheté le bonheur ,
Ils ont droit d'obtenir le fruit de leur labeur ;
Ils ne connaissent plus que la loi pour leur maître ,
Et s'ils furent trompés , ils ne veulent plus l'être !
Tyrans , qui de ses droits osez-vous faire un jeu ,
Craignez la voix du peuple, elle est la voix de Dieu !

Mais revenons à toi dont la vaste science
A guidé vers l'erreur ta forte conscience :
En attaquant la presse as-tu daigné songer
Aux services rendus dans les jours du danger.

Qui donc de nos tyrans sut flétrir l'infamie ?

Qui donc a réveillé la patrie endormie !

Qui donc, nous traduisant les mystères des lois,

Faisait naître la peur dans le conseil des rois ?

Au temps où les Bourbons ont pesé sur la France,

Comme toi l'on criait à l'obscène licence,

Anathême à la presse, au démon de l'enfer,

Qui peint le siècle d'or comme un siècle de fer !

Et le parquet ému lançant sa philippique,

Voyait partout chaos, empire ou république !

On imite aujourd'hui ces ridicules cris :

Si le désordre naît dans le sein de Paris,

Si le peuple s'éveille et se plaint qu'on l'opprime,

Si le vice se montre ou si paraît le crime,

On l'impute à la presse, aux doctes écrivains,

Qui veillent chaque jour à nos droits incertains.

Et toi, Barthélemy, combien de fois naguère

N'a-t-on pas à ta voix insulté sa bannière ?

Il est permis de dire avec sincérité

Que de la presse on veut tuer la liberté.

Le peuple cependant ne veut point qu'on l'enchaîne,

Car, pour elle, il a fait l'immortelle semaine.

Eh! quoi, l'on ne pourrait, sans ébranler l'état,

Quand un lâche trahit, crier à l'apostat!

Quoi! nous verrions pleuvoir sur notre belle France

Le mépris insultant de la Sainte-Alliance,

Nous verrions-nous ravir les plus chers de nos droits,

L'arbitraire s'asseoir à la place des lois,

Et nous ne pourrions pas, sans imiter Prud'homme,

Dire à nos potentats : LA FRANCE EST PLUS QU'UN HOMME !

Ecoute : Les Français ont depuis quarante ans

Appris à disséquer le crâne des tyrans ;

Ils ne veulent plus voir la liberté flétrie,

Ils veulent à jamais le bien de leur patrie,

Ils veulent le repos, et leur constant désir

Est qu'on suive l'éclair que juillet fit jaillir.

Est-ce là du désordre, est-ce de la licence ?

Dis-moi, Barthélemy, ce que ta muse en pense ?

Trève donc à ces mots obscurs, retentissans,

Qui ne peuvent tromper et sont vides de sens ;

Malgré tous ses écarts, dont l'avenir frissonne,

Que le pouvoir soit juste et le peuple pardonne.

Mais d'un ruisseau de sang arrosant son chemin

Tu vois devant tes yeux l'ogre républicain ;

Ton cœur en est ému, ta tremblante pensée

A cru voir le retour d'une époque insensée...

Comme toi je craindrais les jours de la terreur,

Si ton songe effrayant n'était fils de l'erreur.

Des fiers républicains sans te vanter le rite,

Je dis que leur histoire ainsi n'est point écrite :

Il fut un temps, sans doute, après un long repos,

Où le peuple, irrité par l'horreur de ses maux,

Comme un tigre farouche, égaré dans nos villes,

A lavé dans le sang nos discordes civiles :

C'était la liberté dans son égarement,

C'était de la vengeance un triste enfantement.

Sans guide, sans appui, dans ces temps d'ignorance

L'anarchie à pleins bords vint inonder la France.

Le vaisseau de l'état n'avait plus de signal ;

Pour arriver au bien il passa par le mal,

Naviguant incertain sur la mer orageuse

Le temps le radouba sur une côte heureuse.

Du nom de la terreur nommons ces jours de deuil

Qui firent de la France un immense cercueil ;

Pleurons sur le destin dont la marche incertaine

Fit régner l'échafaud avant l'aigle romaine,

Mais avouons aussi que depuis deux mille ans

Le peuple avait souffert assez de ses tyrans ;

Qu'il avait à venger des siècles d'esclavage

Et que tous ses forfaits des rois furent l'ouvrage.

Après de longs essais parut un temps meilleur;

La république vint, MAIS APRÈS LA TERREUR !

L'une et l'autre sans cesse on voudrait les confondre,

Mais l'équitable histoire est là qui peut répondre *.

L'ère républicaine a produit des bienfaits :

Elle a régénéré l'histoire des Français :

Des peuples ennemis châtiant l'arrogance

Elle apprit aux tyrans à redouter la France;

Donnant un juste sens au mot de liberté,

L'amour du bien public fut un dogme arrêté.

Réveillant le génie elle enfanta la gloire

Et ses hauts-faits brillans envahissent l'histoire;

---

* Je m'attends aux objections; mais quel est l'homme de sens qni donnera le nom de République à ce débordement sans frein, à ce réveil sanguinaire d'un peuple, à ce règne de l'échafaud qu'on a si justement nommé le règne de la terreur. Je ne reconnais la vraie République que du jour où le sang a cessé de couler, où les lois ont repris leur empire, où s'établit enfin un gouvernement régulier. L'histoire nous dit ce que cette République a fait de grand, et nous avons vu qu'un peuple pouvait être heureux sans roi.

Un motif seul enfin ferait bénir son nom :

Sans elle aurions-nous vu l'astre Napoléon !

A ce nom colossal saluons le génie

Et versons sur sa tombe une larme infinie !

Ce torrent de raison , cet aigle au vol aisé

Dont l'âme était brûlante et le cœur embrasé....

Le bonheur des Français fut sa seule espérance ,

Et, s'il aima la gloire , il adora la France.

Mais l'homme trop souvent s'égare en son chemin :

Napoléon un jour de sa puissante main

Brisant la république osa former l'empire :

La liberté pâlit et pleura son délire,

Et le moderne Atlas, par le torrent porté,

Dut expier un jour cette témérité.

Au sein de sa grandeur, alors qu'en cent batailles

son bras de l'ennemi dressait les funérailles,

Il ne put fuir ce cri qui bourrelait son cœur :

Tu fus républicain avant d'être empereur !

Si de la république il n'eût brisé la chaîne

Son nom n'eût point frappé l'écho de Sainte-Hélène.

Ah ! s'il nous faut gémir sur cette ambition

Qui perdit l'homme dieu cher à la nation,

N'éteignons pas du moins notre reconnaissance

Pour celui qui fit tant pour l'honneur de la France !

Napoléon ! tu n'es que blessé par la mort !

Si ton corps a vécu ton âme existe encor ;

Vivant est ton génie, et brillante auréole

De la gloire française il sera la boussole.

Le républicanisme aux jours de sa grandeur

Parfois put s'égarer au sentier de l'erreur :

Le peuple encor novice en sa foi politique

Par de nombreux écarts blessa la république ;

Mais tout œuvre en naissant a le pas inégal,

Et toujours dans le bien s'infuse un peu de mal.

Le temps seul éclairant l'esprit et la pensée
Fait découvrir l'erreur sur la route passée ;
Au siècle où nous vivons le peuple plus instruit
Sait éviter le mal ; sa raison le détruit.
Ne crains pas le reflux du torrent populaire
Qui de la liberté respecte la bannière !
Ne te souvient-il pas des trois sublimes jours ?
Après avoir brisé les aîles des vautours,
Le peuple souverain humble après la victoire
N'a point du grand Juillet ensanglanté l'histoire.
Ces jours-là sont passés où le drapeau de sang
Dans le sein du pays se promenait puissant ;
De la sombre terreur la France est affranchie
Et nous ne craignons plus la *hideuse* anarchie ;
Du vrai républicain le moderne drapeau
Est le drapeau des lois et non de l'échafaud.
Et si l'on nous promit des lois républicaines ,
Quand nous les demandons c'est soulever des haines !

Etre républicain est un crime aujourd'hui !

Et du trône nouveau lorsque l'aurore a lui,

Le peuple en ce moment plein d'espoir et plein d'aise

Vit le Roi des Français chanter la *Marseillaise !*

Et toi, qui nous poursuis de tes discours menteurs,

Qui feins de redouter de sinistres malheurs,

Arrête le courroux de ta voix empruntée :

Celle que tu maudis, *Némésis l'a chantée.*

En vain tu l'as nié ; dis plutôt que ta voix

S'éteint comme sont morts tous les sermens des rois.

Relis ta *Némésis* : sa verve satirique

N'a jamais effleuré la *sainte* république.*

Du mensonge lavant son *pacifique* front,

Tu peignis la douceur du culte de Danton :

* Je pourrais multiplier les citations à l'appui de mon assertion; mais il faudrait une brochure spéciale si l'on voulait réunir tous les passages dans lesquels M. Barthélemy a été favorable au rite républicain. On ne sait quoi choisir dans la foule de vers qui ont trait à la République et qui l'encensent. Je renvoie donc à *Némésis*, les recherches ne seront pas difficiles; chaque page pourra offrir de quoi satisfaire la curiosité du lecteur.

Relis, et tu verras qu'en mainte page écrite
De nos républicains tu caresses le rite...
Si les républicains te semblent des bourreaux,
N'insulte pas du moins aux cendres des tombeaux ;
Laisse-les donc couverts de leur gloire admirable
Ces noms que veut souiller une plume coupable :
Manuel, Foy, Constant, eux que la liberté
Vit combattre quinze ans la légitimité,
Qui, bravant du pouvoir la cynique licence,
A l'or de nos tyrans préférèrent la France ;
Eux qui voulant le bien dans sa réalité
Menteuse auraient trouvé la charte-vérité !
Tu nous dis qu'ils sont morts assez tôt pour leur gloire !
Ta muse calomnie ou méconnaît l'histoire !
S'ils n'étaient morts, dis-tu, si le vent des destins
Eût placé le pouvoir en leurs puissantes mains,
On aurait vu bientôt le démon populaire
Eteindre les rayons de leur gloire éphémère !

Non, non, détrompe-toi, le peuple est moins ingrat,

Il aime la vertu, s'il punit l'apostat ;

Sa haine est pour celui qui, flairant la fortune,

Par de faux sentimens domina la tribune,

Ou par de beaux discours, fardés de vérité,

Par surprise acheta sa popularité ;

Sa haine est pour celui qui, célèbre poète,

De la voix du pays se rendant l'interprète,

Soldat toujours armé, plein de témérité,

Défendant les abords du temple liberté,

S'élance tout-à-coup au camp de l'ilotisme,

Va vendre ses lauriers et son patriotisme.

Mais celui que jamais l'or ni l'ambition,

N'ont fait tergiverser en son opinion,

Qui, ferme, inébranlable au milieu de l'orage,

Voit tout changer, et, seul, conservant son courage,

Même au sein du chaos par l'ouragan jeté,

A son dernier soupir chante la liberté.

Oh ! celui-là jamais ne verra l'injustice
Souiller de ses vertus l'immortel édifice.

Enfin, résumons-nous : *Je ne suis point vendu !*
Tu prétends par ces mots nous avoir répondu ?
Tu dis que l'or n'a point flatté *ton indigence ;*
Que le pouvoir n'a pas payé ton assistance;
Que tu n'as point tremblé pour tes trente-cinq ans,
Et que, pour satisfaire à tes vœux indigens,
La satire en tes mains ou le moindre poëme
Te font les revenus du ministre lui-même !
Grand Dieu ! que je te plains ! que tes maux sont cuisans,
Puisqu'ils ne sont rentés qu'à *cent vingt mille francs !*
Tu n'as besoin de rien au sein de l'opulence,
Et pourquoi donc alors peindre ton indigence ?
Quand sur un faux chemin on imprime ses pas
On voudrait marcher droit, mais on ne le peut pas ;

Blessant la vérité tu nuis à ta défense

Et ta changeante voix produit la défiance.

Mais pour prouver encor qu'on ne pût t'acheter,

Caressé par l'orgueil tu viens nous débiter

Que, dans le cadre étroit d'une place asservie,

Tu mourrais; qu'il te faut une plus large vie!

Et cependant Guizot, aux jours de sa faveur,

Te promit un emploi pour prix de ton labeur;

Longeant les corridors du vaste ministère,

Tenant la main de Thiers, tu quêtais ton salaire;

Et si le vent du sort n'eût ravi le pouvoir

A celui qui flatta ton dédaigneux espoir,

Tu serais aujourd'hui, maître en diplomatie,

Amorti sous les lois de la bureaucratie.

Tu vois que ton esprit voulait bien s'asservir

Et que l'air d'un bureau ne t'eût pas fait mourir.

Eh! ne nous dis donc plus que ton indépendance

De l'or, de la faveur fuyait la jouissance.

Oui, ta muse est vendue ! elle reçut de l'or ;

La honte et le parjure enchaînent son essor.

En vain tu veux cacher ta noire ignominie !

En vain ta voix mourante a crié : calomnie !

Écoute les échos que fatigue ton nom !

Entends les cris plaintifs des enfans d'Apollon !

Entends la voix publique en sa douleur amère

Nommer Barthélemy du nom de mercenaire !

Et viens nous dire encor qu'une comète a lui

Qui change ta raison !... Enfin dans ton ennui

Qui donc t'a défendu ? deux noms forment la liste :

Le Journal de Paris et puis *le Nouvelliste.*

De ces valets de cour les soupirs t'étaient dûs :

Comme toi dès long-temps tous deux ils sont vendus ;

Dans de pareils égouts tu fais broder ta toge !

Il faut être bien bas pour gagner leur éloge.

Si tu n'es point vendu qu'elle est donc ton erreur ?

Quel est le talisman qui fait mouvoir ton cœur ?

Eh ! quoi, ces renégats qui depuis deux années

Ont abattu les fruits des trois grandes journées,

Qui des dogmes anciens ne voulant rien changer

Nous mènent chaque jour vers le joug étranger,

Tu peux les soutenir et louer leur courage

Alors que dans Paris exploitant le carnage,

Ils ont des coups-d'état ramené les beaux jours

Et demandé du sang aux martiales cours !

Et si nos magistrats retiennent la balance

Dont voulait s'emparer leur stupide vengeance,

Regrettant l'arbitraire et maudissant les lois,

Contre l'humanité tu leur prêtes ta voix !

A leurs désirs docile, à leurs desseins propice,

Tu veux sur l'échafaud leur faire un sacrifice !

Ah! je l'avoue ici, trop faibles sont mes vers

Pour peindre justement tes obscènes travers :

Et si dans leur ardeur on les eût laissé faire,

Nous n'aurions déjà plus ni roi, ni ministère;

Et toi qui nous a dit dans ton *heureux loisir* :

Je voulus réformer et non pas démolir ;

Tu veux donc voir crouler la royale charpente,

Tu veux donc l'entraîner jusqu'au pied de la pente ?

Quand un trône pour base adopte l'échafaud,

Il s'arrête ; il ne peut, hélas ! tomber plus haut.

Voilà donc le chemin où peut mener la honte !

Ce sont là les écueils que ton audace affronte !

Ah ! je serais tenté de ménager mon ton,

Car on doit des égards à ceux de Charenton.

Consultons le passé, parcourons la carrière

Du système honteux que suit le Ministère ;

Sans partialité dessinons ses exploits

Que nous vante aujourd'hui ton imposante voix :

Le trône de juillet entre leurs mains impures

A-t-il de l'étranger réprimé les injures ?

A-t-il donné les lois que réclament nos mœurs ?

Du peuple a-t-il payé les pénibles sueurs ?

Non! mais du moins ils ont de leurs griffes avides,

Des écus du pays rempli leurs coffres vides.

Depuis deux ans enfin, froissant la liberté,

Qu'ont-ils fait pour le peuple ou pour l'humanité?

As-tu donc oublié leur lâche déférence

Au ridicule édit de chaque conférence?

Vois-les depuis deux ans, allumant leur ardeur,

Fatiguer nos soldats en courses sans honneur;

Peureux de l'avenir, craignant la propagande,

Ils n'osent châtier l'avorton de Hollande.

Il est vrai, chaque jour on écrit de Berlin :

Redoutez ma colère, attendez à demain !

Ainsi depuis juillet le drapeau tricolore

En leurs tremblantes mains, pâle, se décolore !

Ainsi, qui nous l'eût dit au réveil des trois jours !

La France est enchaînée aux volontés des cours !

O peuple infortuné ! devais-tu donc t'attendre

Qu'à cet abaissement on te ferait descendre !

O soleil de juillet ! astre majestueux,

Mon œil te cherche en vain, tu n'es plus dans les cieux !

Honte éternelle à vous, héros de la doctrine !

Rentrez dans le néant votre hypocrite mine !

Honte éternelle à vous, héros du lendemain,

Qui n'êtes arrivés que pour tendre la main !

Le peuple qui, sans vous, fit la grande semaine,

Prenez garde ! en Juillet il a brisé sa chaîne ;

Mais ce qu'il n'a point fait il peut le faire encor.

Barthélemy, dis-moi, le peuple aurait-il tort ?

Oh ! non ! car Némésis, secouant ses lanières,

Disait, portant l'effroi dans les rangs doctrinaires :

« Ceux mêmes dont le cœur jusqu'ici fut humain

« Monteront au pouvoir une hâche à la main ;

Ta muse allait plus loin, elle excusait le crime ;

Elle ouvrait au pouvoir un plus funeste abîme :

« De tout ce qu'ils feront d'avance ils sont absous ;

« Le crime et le remords ne tombent que sur vous. »

Ah ! si tes yeux du moins s'ouvraient à la lumière,

Je pourrais réveiller ta bouillante colère,

Je pourrais te parler de ces Français du Nord,

Ce peuple de héros dont le sang fume encor :

Pologne ! tu n'es plus; notre diplomatie

Des promesses d'un Roi trompa la prophétie :

Jamais nous disait-on, nous ne souffririons

Qu'on ravit la Pologne au rang des nations !

Et la Pologne est morte ! et le colosse immense

A broyé sous sa dent les frères de la France !

O honte ! et parmi nous, dans la grande cité,

Du haut de la tribune avec inpunité

Un ministre osa dire : *ils n'ont plus de patrie;*

Les Russes sont vainqueurs, l'ordre est dans Varsovie !

Quoi ! pas même une larme à cet avis amer !

Le remords ne peut rien quand le cœur est de fer.

Enfin jette les yeux sur la belle Italie

Qui voulut être libre et qui reste avilie !

Vois, vois les trois couleurs dans l'empire Romain

S'arrêter au signal du despote germain;

Vois le soldat français qu'on transforme en satrape

Qu'Ancône à dans ses murs au service du Pape!

Et tu peux applaudir à de tels attentats?

Tu peux les caresser de tes vœux apostats!

Fils de la liberté, chanter le ministère!

Tu n'es qu'un parricide assassin de ta mère.

En vain ta voix nous dit : je suis homme de bien,

«J'admire le pouvoir, mais ne demande rien;

« Mes yeux long-temps voilés s'ouvrent à la lumière;

« Mais je reste fidèle à la sainte bannière. »

Du peuple t'opposant la sévère équité,

Je te répéterai l'arrêt qu'il a porté:

Il dit que, dépouillant ta vieille indépendance,

Tu changes pour de l'or les bravos de la France;

Que da la liberté foulant aux pieds l'autel,

Tu rabaisses ton vol au vol ministériel.

Si jadis à ton nom il accola la gloire,

Il ajoute aujourd'hui la honte à ton histoire ;

Méprisant ton parjure envers la liberté,

Des lauriers de sept ans il t'a déshérité.

Si de ce juste arrêt ton fier orgueil s'offense,

Souviens-toi que d'un traître il est la récompense.

Tu sais, le peuple est juste ; à son grave compas

Mesurant une vie, il ne se trompe pas !

Oui ! ta gloire est flétrie ; écrivain mercenaire

Va reposer ta muse au fauteuil doctrinaire !

A *l'effronté* Guizot montrant ta nudité

Va mendier le pain de la servilité,

Vers l'île des grandeurs dirigeant ta boussole,

Va noyer ton affront aux laves du pactole !

Ta voix voudrait en vain encor nous éblouir ;

Quand on a fui l'honneur on n'y peut revenir !

Ils est tombé le voile ! et ta muse profane

Drapa sur un Bourmont l'habit d'Aristophane.

www.ingramcontent.com/pod-product-compliance
Ingram Content Group UK Ltd.
Pitfield, Milton Keynes, MK11 3LW, UK
UKHW021634090726
13657UKWH00004B/1608